La petite sirène

D'après Andersen

Illustré par Charlotte Gastaut

Pour Alice, ma sirène...
... Prudence, ma petite sirène...
... et pour maman,
qui les élève dans les baignoires.

C. G.

Père Castor ■ Flammarion

ISBN : 2-08160187-7 – ISSN : 1768-2061

Au loin, très loin à l'horizon, la mer est plus bleue
que le bleuet, plus limpide que le cristal,
mais si profonde qu'il est impossible d'y jeter l'ancre.
Des milliers de poissons multicolores frétillent
dans ces eaux cristallines. Des milliers de fleurs délicates
ondulent, bercées par les douces vagues des profondeurs marines.
C'est là, tout en bas, que vivait le roi de la mer.
Il était veuf depuis des années, et sa vieille mère l'aidait
à élever ses filles, six petites princesses charmantes,
douées de voix merveilleuses.
La plus jeune était la plus belle : une peau fine d'un blanc
éclatant et des yeux aussi bleus que le fond de l'océan.
Comme ses sœurs, elle n'avait ni jambes ni pieds,
mais une longue queue de poisson. Son plus grand plaisir
était d'écouter les récits de sa grand-mère sur le monde
d'en haut où vivent les hommes. Elle s'émerveillait
sans se lasser de ce que, sur la terre, les fleurs ont un parfum
et que les forêts y sont vertes. Ce monde inconnu,
elle ne pourrait le découvrir, comme ses sœurs,
qu'à l'âge de quinze ans.

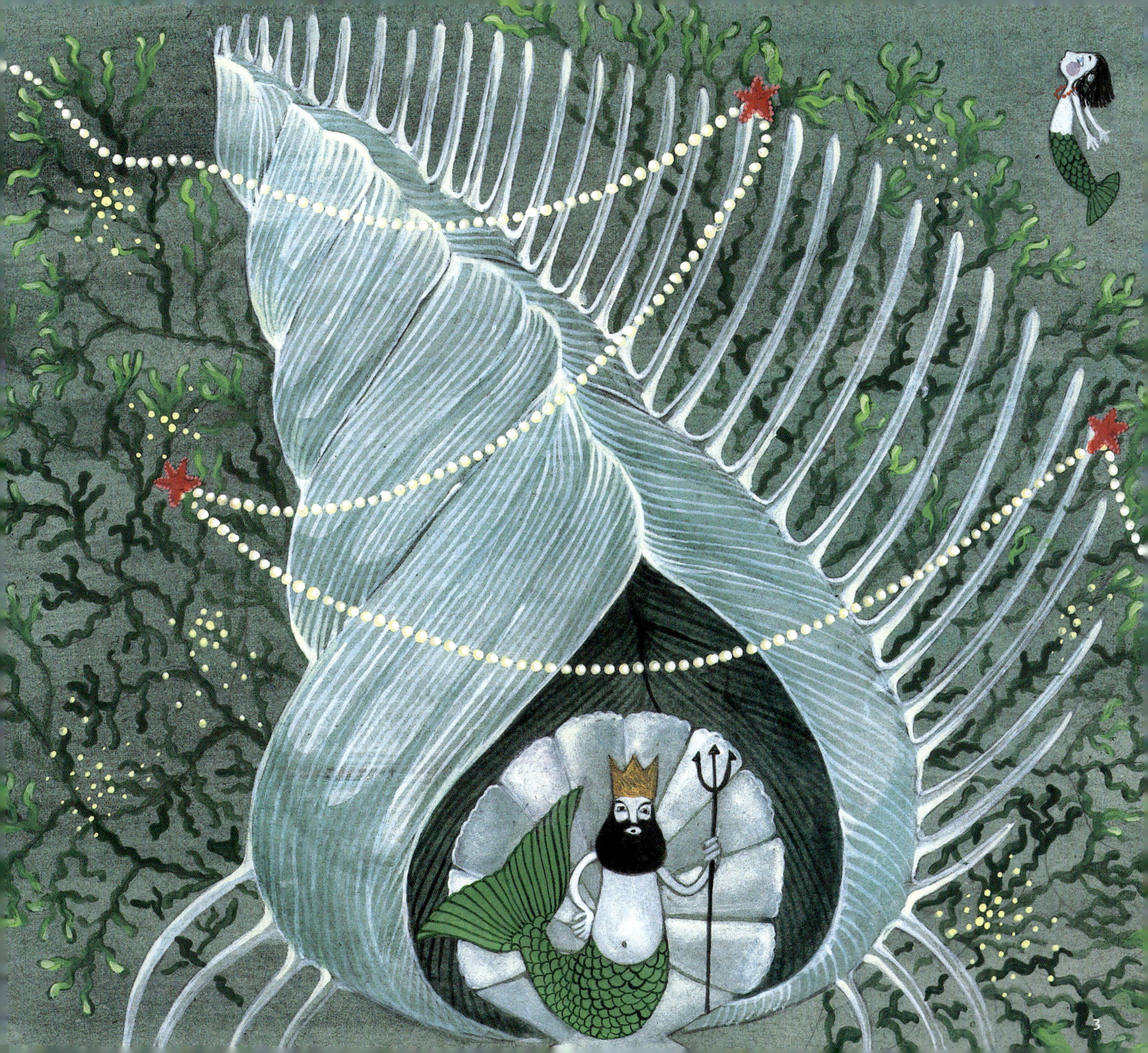

Sa sœur aînée monta la première à la surface.
À son retour, elle parla de la grande ville
où scintillaient mille lumières, du tintement de ses cloches,
du joyeux brouhaha des hommes.
L'année suivante, ce fut au tour de la seconde.
Elle raconta que le spectacle le plus ravissant était celui
du coucher du soleil, quand le ciel devient comme de l'or.
Puis vint le tour de la troisième sœur. Elle décrivit
les forêts magnifiques, les vertes collines
et les jolis enfants qui savaient nager,
bien qu'ils n'aient pas de queue de poisson.
La quatrième sœur admira à son tour le spectacle
de la pleine mer, les bateaux qui croisaient au loin,
les dauphins qui faisaient des culbutes
et les baleines qui lançaient des jets d'eau.
Le tour de la cinquième sœur tomba en hiver.
Elle vit les éclairs rouges plonger dans la mer noire
et illuminer des montagnes de glace.

Chacune, au bout d'un mois, finissait par penser
que rien ne valait le monde d'en bas.
La plus jeune, elle, attendait avec impatience que vienne
son tour de découvrir ce monde qui l'attirait tant.

Et enfin, la petite sirène eut quinze ans. Au crépuscule, elle leva la tête hors de l'eau. Elle fut aussitôt émerveillée par un grand voilier, scintillant de lumières.
Elle nagea jusqu'au hublot du salon et aperçut une foule de personnes élégantes. La plus belle de toutes était un jeune prince aux grands yeux noirs.
Il fêtait joyeusement son seizième anniversaire.
La petite sirène ne pouvait se lasser de l'admirer.
Soudain les vagues enflèrent, des nuages noirs s'amoncelèrent, il y eut des éclairs.
Une formidable tempête se préparait et le navire tanguait sur la mer en colère. Bientôt le mât se brisa comme un roseau et l'eau pénétra dans la coque.
La petite sirène vit le jeune prince s'enfoncer dans les flots impétueux. Elle fut d'abord contente qu'il descende vers elle, puis elle se rappela que les hommes ne peuvent vivre dans l'eau. Alors, elle plongea et nagea jusqu'au jeune prince, qui, épuisé, ne pouvait plus lutter. Elle tint sa tête au-dessus de l'eau et avec lui se laissa porter par les vagues.

Le matin, le beau temps était revenu.
La petite sirène nagea jusqu'au rivage
et y coucha le prince qui n'avait toujours pas ouvert les yeux.
Elle déposa un baiser sur son front
et souhaita que le soleil lui redonne vie.
Bientôt des cloches se mirent à sonner
et la petite sirène se cacha derrière des rochers.
Une jeune fille ne tarda pas à s'approcher.
D'abord effrayée, elle courut ensuite chercher de l'aide.

La petite sirène vit que le prince reprenait vie et souriait à ceux qui l'entouraient. Lorsqu'il fut conduit dans un grand bâtiment, elle plongea et retourna, triste et pensive, au palais de son père. Ses sœurs lui demandèrent ce qu'elle avait vu là-haut, mais elle ne raconta rien. Plus d'une fois, elle retourna à l'endroit où elle avait laissé le prince, mais celui-ci avait disparu. Elle finit par confier son secret à ses sœurs qui le répétèrent à leurs amies. L'une d'elles connaissait le prince, savait d'où il venait et où était son royaume.

La petite sirène découvrit ainsi le château du prince.
Elle revint très souvent dans cet endroit enchanteur,
nageant sous le balcon du prince et restant
à le regarder alors qu'il se croyait seul.
Chaque jour, elle rêvait un peu plus au monde fascinant des hommes.
Elle voulait toujours en savoir davantage
et interrogeait sans cesse sa grand-mère.
– Si les hommes ne se noient pas, peuvent-ils ne pas mourir ?
lui demanda-t-elle un soir. Sont-ils éternels ?
– Non, répondit sa grand-mère. Ils vivent moins longtemps que nous,
quand nous mourons au bout de trois cents ans,
nous nous transformons en écume à la surface de la mer, et tout est fini.
Les hommes, eux, ont une âme qui vit éternellement après leur mort.
– Que puis-je faire, soupira la petite sirène,
pour acquérir une âme immortelle ?
– Il faudrait qu'un homme t'aime à la folie,
et qu'il t'épouse en te jurant fidélité.
Alors son âme se communiquerait à ton corps,
et tu aurais aussi une part du bonheur des hommes.
Mais c'est impossible. Ta magnifique queue de poisson,
les hommes la trouvent monstrueuse et lui préfèrent
les deux lourdes colonnes qu'ils appellent des jambes.
La petite sirène retourna tristement dans son jardin et se mit à réfléchir.
Elle se sentait prête à tout risquer pour gagner l'amour du prince
et obtenir une âme immortelle.

La petite sirène se résolut à aller trouver l'horrible sorcière de la mer. L'effroi faisait battre son cœur mais elle s'élança bravement au travers des buissons hideux, dont les branches gluantes cherchaient à l'agripper. Dès qu'elle l'aperçut, la sorcière éclata d'un rire abominable :

– Viens par ici, ma belle ! Je sais ce qui t'amène.
Tu veux te débarrasser de ta queue de poisson, et que le prince t'aime, t'épouse et te donne une âme immortelle ! Je peux te préparer une boisson qui changera ta queue en deux jambes.
Mais tu auras très mal. Tes pas seront gracieux, mais chacun d'eux te causera autant de douleur que si tu marchais sur des lames de rasoir. Es-tu prête à souffrir ?

– Oui, répondit la petite sirène d'une voix tremblante.

– Attention, reprit la sorcière, tu ne redeviendras jamais sirène.
Si tu ne gagnes pas l'amour du prince, tu n'auras pas d'âme immortelle.
Et s'il se marie avec une autre, ton cœur se brisera et tu ne seras plus que de l'écume de mer.

– Je le veux, dit la petite sirène, pâle comme une morte.

– En paiement, poursuivit la sorcière, tu me donneras ta voix, la plus ravissante jamais possédée par une habitante du fond de la mer.

– Mais alors, que me restera-t-il ?

– Ta charmante figure, ta marche légère et tes yeux qui parlent ; c'est assez pour séduire le cœur d'un homme.

La petite sirène se laissa couper la langue et reçut la fiole qui contenait la boisson magique.

Le soleil n'était pas encore levé lorsque la sirène arriva
au château du prince. Elle but l'affreux breuvage
et ce fut comme si une épée lui traversait le corps ;
elle s'évanouit et resta comme morte.
Lorsqu'elle se réveilla, le charmant prince fixait
sur elle ses yeux noirs. Elle baissa les siens et constata
que sa queue avait fait place à deux jambes gracieuses.
Le prince lui demanda qui elle était, et d'où elle venait ;
elle le regarda d'un air doux et désolé,
car elle ne pouvait parler. Alors, il lui prit la main
pour la conduire au château.
Chaque pas, comme la sorcière l'en avait prévenue,
lui causait des douleurs atroces ; cependant elle montait
l'escalier, légère comme une bulle. Tout le monde admirait
sa démarche gracieuse et ondoyante, et surtout le prince.
Il annonça qu'elle resterait toujours auprès de lui.
Tous ignoraient les souffrances qu'elle endurait
en marchant et en dansant.

La nuit, elle descendait secrètement l'escalier de marbre,
rafraîchissait ses pieds brûlants dans l'eau de la mer,
et songeait au château de son père, et à sa famille…
De jour en jour, elle devenait plus chère au prince,
mais il l'aimait comme on aime un enfant affectueux,
et n'avait pas la moindre idée d'en faire sa femme.
« N'est-ce pas moi que tu aimes le plus de toutes ? »
semblaient dire les yeux de la petite sirène,
lorsqu'il la prenait dans ses bras
et déposait un baiser sur son beau front.
– Oui, tu m'es la plus chère, disait le prince,
car c'est toi qui as meilleur cœur.
C'est toi qui m'es le plus dévouée, et tu ressembles
à celle qui m'a sauvé la vie. Elle est la seule que je pourrais
aimer d'amour dans ce monde, mais tu lui ressembles,
parfois même tu remplaces son image dans mon âme.
« Hélas ! il ne sait pas que c'est moi qui lui ai sauvé la vie ! »
se désespérait la petite sirène.

Un jour, le roi décida de marier le prince
avec la fille du roi voisin.
– Je verrai la princesse, dit le prince
à la petite sirène, puisque mes parents l'exigent,
mais je n'en ferai pas ma reine, elle ne peut pas
ressembler à celle qui m'a sauvé.
Si je devais un jour choisir une fiancée,
ce serait plutôt toi, mon enfant trouvée,
muette aux yeux qui parlent.
Et il déposa un baiser sur sa longue chevelure.
Un matin, le vaisseau du roi voisin
entra dans le port.

Des hautes tours, les trompettes sonnèrent,
et les soldats se rangèrent
sous leurs drapeaux flottant au vent.
Le roi et son fils attendaient
leurs visiteurs sur le quai.
– Mais... c'est toi qui m'as sauvé la vie !
s'écria le prince. C'est trop de bonheur !
Et il serra dans ses bras
sa jolie fiancée rougissante.
La petite sirène dut reconnaître que jamais
elle n'avait vu plus charmante personne,
une peau si délicate
et des yeux bleu sombre si séduisants.

Toutes les cloches carillonnaient. Dans la cathédrale, les deux fiancés se donnèrent la main et furent bénis par l'évêque. La petite sirène, en robe de soie et d'or, tenait la traîne de la mariée, mais elle ne voyait pas la cérémonie, elle pensait à tout ce qu'elle avait perdu. Le soir même, le prince et sa jeune épouse s'embarquèrent. Les voiles se gonflèrent au vent et le grand vaisseau glissa sur la mer limpide. Les marins dansaient joyeusement sur le pont et la petite sirène se joignit à eux. Nul n'avait jamais vu danseuse aussi légère. Mais elle ne cessait de penser à celui pour qui elle avait abandonné sa famille, donné sa voix exquise, et souffert des tourments infinis. C'était la dernière fois qu'elle respirait le même air que lui, qu'elle admirait la mer profonde et le ciel étoilé. Jusqu'à minuit, la joie et la gaieté régnèrent ; puis les jeunes épousés se retirèrent sous leur magnifique tente et tous allèrent se coucher.

La petite sirène, demeurée seule, regardait du côté de l'aurore ;
elle savait que le premier rayon du soleil allait la tuer.
Elle vit alors ses sœurs sortir de la mer.
Leurs longues chevelures ne flottaient plus au vent : on les avait coupées.
– Nous les avons données à la sorcière en échange de ce poignard,
lui dirent-elles. Avant le lever du soleil, enfonce-le dans le cœur du prince
et quand son sang jaillira sur tes pieds, tu redeviendras sirène !
Tu pourras revenir avec nous au fond de la mer.
Dépêche-toi, l'un de vous deux doit mourir avant l'aube.
Elles poussèrent un profond soupir et disparurent dans les flots.

La petite sirène écarta le rideau de la tente, le couteau à la main.
Elle vit la charmante mariée qui dormait, tout contre le prince.
Elle déposa un doux baiser sur son front,
leva le bras armé du poignard... et le lança loin dans les vagues.
Elle jeta un dernier regard sur le prince qu'elle avait tant aimé,
et se précipita à son tour dans les flots.
À ce moment, le premier rayon du soleil jaillit sur la mer.
La petite sirène ne se sentit pas mourir, mais vit flotter près d'elle
dans les airs mille et une créatures transparentes.
Elle s'aperçut qu'elle avait un corps comme le leur,
et qu'elle s'élevait au-dessus de l'écume.

La petite sirène entendit une mélodie céleste,
qu'aucune oreille humaine n'aurait pu entendre.
« Tu as souffert et accepté la douleur, et tu t'es élevée
au monde des esprits de l'air, tu peux toi aussi
par tes bonnes actions te créer une âme immortelle. »
Et la petite sirène versa des larmes pour la première fois.
Tournant ses yeux vers le grand voilier, elle vit le prince
avec sa belle épousée qui regardaient avec tristesse les vagues.
Invisible, elle leur sourit, et avec les autres filles de l'air
monta sur le grand nuage qui voguait dans le ciel.

I.M.E. Baume-les-Dames - 02-2006 - Dépôt légal : mars 2005
Éditions Flammarion (N°0187), Paris, France
Loi n°49-956 du 16 juillet 1949 sur les publications destinées à la jeunesse.